MAY 1 7 2019

W9-CZK-992

Little Red Riding Hood

Caperucita Roja

Bilingual
Fairy Tales
ENGLISH | SPANISH

retold by Candice Ransom
illustrated by Tammie Lyon

Educational Media

© 2008 Carson-Dellosa Publishing LLC.
Published by Rourke Educational Media | rourkeeducationalmedia.com

Library of Congress PCN Data
Little Red Riding Hood / Caperucita Roja
ISBN 978-1-64156-989-7 (hard cover) (alk. paper)
ISBN 978-1-64369-006-3 (soft cover)
ISBN 978-1-64369-153-4 (e-Book)
Library of Congress Control Number: 2018955779
Printed in the United States of America

A long time ago, there lived a sweet little girl. She loved to visit her grandmother. One day, her grandmother gave her a special present.

Hace mucho tiempo, había una pequeña y dulce niña. A ella le encantaba visitar a su abuela. Un día, su abuela le dio un regalo especial.

3

She gave the little girl a red wool cape with a hood that she had made.

Le dio a la pequeña una capa de lana roja con capucha que ella había hecho.

The girl liked her cape very much. She wore it everywhere.

A la niña le gustaba mucho su capa. Se la ponía para ir
a todas partes.

She even wore her cape to bed! Soon, everyone called her Little Red Riding Hood.

¡Incluso se la ponía para ir a dormir! Pronto, todos la llamaban Caperucita Roja.

6

One day, Little Red Riding Hood's mother said, "Your grandmother is not feeling well."

Little Red Riding Hood wanted to take a picnic to her grandmother.

"Be sure to stay on the path through the woods," said her mother.

Un día, la mamá de Caperucita Roja dijo—:Tu abuela no se está sintiendo bien.

Caperucita Roja quiso llevarle una merienda a su abuela.

—Asegúrate de seguir el camino cuando atravieses el bosque, —dijo su mamá.

Little Red Riding Hood promised that she would.

Caperucita Roja prometió que lo haría.

Little Red Riding Hood skipped through the woods.
She was very careful to stay on the path.
After a while, she met a wolf.

Caperucita Roja atravesó el bosque dando saltos.
Tuvo mucho cuidado de seguir el camino.
Después de un rato, se encontró con un lobo.

"Hello," said the wolf.
 The wolf seemed friendly.
"Hello," she said.

—Hola, —dijo el lobo.
 El lobo parecía amigable.
—Hola, —dijo ella.

12

"Where are you going, little girl?" asked the wolf.

"I am going to visit my grandmother," said Little Red Riding Hood. "She is not feeling well."

—¿Para dónde vas, pequeña niña? —preguntó el lobo.

—Voy a visitar a mi abuelita, —dijo Caperucita Roja—. Ella no se siente bien.

13

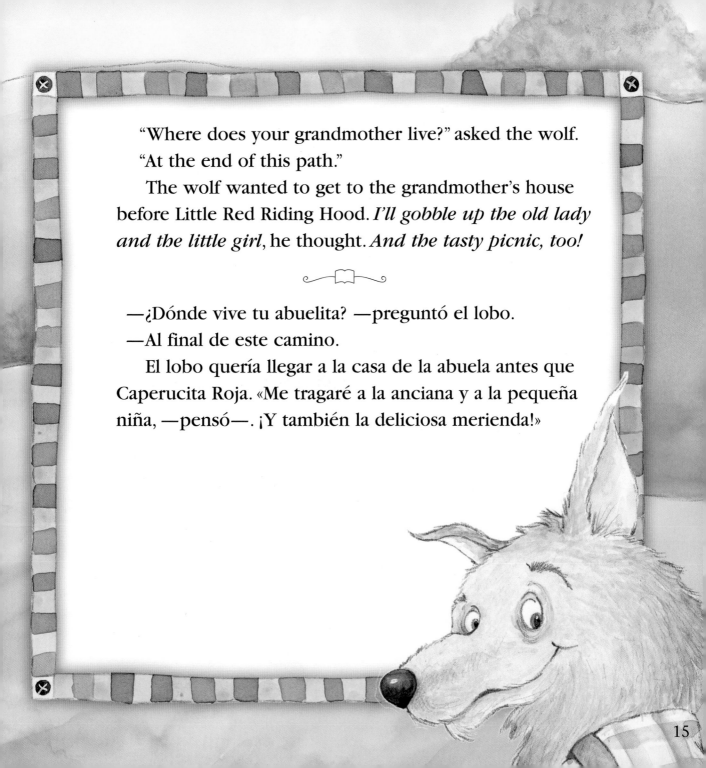

"Where does your grandmother live?" asked the wolf.

"At the end of this path."

The wolf wanted to get to the grandmother's house before Little Red Riding Hood. *I'll gobble up the old lady and the little girl*, he thought. *And the tasty picnic, too!*

—¿Dónde vive tu abuelita? —preguntó el lobo.

—Al final de este camino.

El lobo quería llegar a la casa de la abuela antes que Caperucita Roja. «Me tragaré a la anciana y a la pequeña niña, —pensó—. ¡Y también la deliciosa merienda!»

15

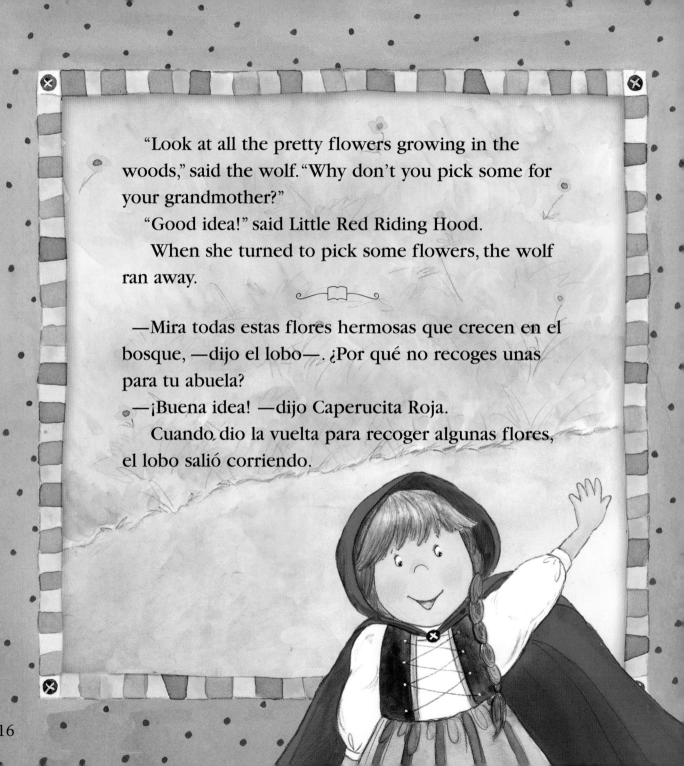

"Look at all the pretty flowers growing in the woods," said the wolf. "Why don't you pick some for your grandmother?"

"Good idea!" said Little Red Riding Hood.

When she turned to pick some flowers, the wolf ran away.

—Mira todas estas flores hermosas que crecen en el bosque, —dijo el lobo—. ¿Por qué no recoges unas para tu abuela?

—¡Buena idea! —dijo Caperucita Roja.

Cuando dio la vuelta para recoger algunas flores, el lobo salió corriendo.

The wolf crept quietly inside Grandmother's house.
He tiptoed into her bedroom. Suddenly, she woke up.
When she saw the wolf, she screamed, "Help! Help!"

El lobo entró sigilosamente a la casa de la abuela. Caminó
en puntillas hasta su habitación. De repente, ella se despertó.
Cuando vio al lobo, gritó —¡Ayuda! ¡Ayuda!

19

The wolf grabbed her and pushed her into the closet.
Then, he locked the door.

El lobo la agarró y la empujó dentro del armario. Luego,
cerró con llave la puerta.

21

The wolf put on a nightgown and cap. He hopped into bed. He pulled the covers up to his hairy chin.

El lobo se puso un camisón y una gorra. De un brinco se metió a la cama y jaló las mantas hasta su peluda barbilla.

Little Red Riding Hood knocked on the door.

"Grandmother!" she called.

"Come in, my dear!" said the wolf in a high voice.

Caperucita Roja golpeó a la puerta.

—¡Abuela! —llamó.

—¡Entra, hija mía! —dijo el lobo con voz aguda.

24

Little Red Riding Hood went into the bedroom.
Her grandmother looked very strange.

"Grandmother, what big ears you have!" she said.

"The better to hear you with, my dear," said the wolf.

Caperucita Roja entró a la habitación. Su abuela se
veía muy extraña.

—Abuela, ¡qué orejas tan grandes tienes! —dijo ella.

—Para escucharte mejor, hija mía, —dijo el lobo.

"Grandmother, what big eyes you have!" said Little Red Hiding Hood.

"The better to see you with, my dear," said the wolf.

—Abuela, ¡qué ojos tan grandes tienes! —dijo Caperucita Roja.

—Para verte mejor, hija mía, —dijo el lobo.

"Grandmother, what big hands you have!" said Little Red Riding Hood.

"The better to hug you with, my dear."

—Abuela, ¡qué manos tan grandes tienes! —dijo Caperucita Roja.

—Para abrazarte mejor, hija mía.

"Grandmother, what big TEETH you have!" said Little Red Riding Hood.

"The better to eat you with!" cried the wolf.

The wolf jumped out of bed. He tried to grab Little Red Riding Hood. She leaped away.

—Abuela, ¡qué DIENTES tan grandes tienes! —dijo Caperucita Roja.

—Para ¡comerte mejor! —gritó el lobo.

El lobo se levantó de un salto de la cama. Trató de agarrar a Caperucita Roja, pero ella se apartó de un salto.

The wolf tumbled out the window. He was never seen again.

Little Red Riding Hood's grandmother pounded on the closet door. Little Red Riding Hood let her out.

"What happened?" said her grandmother.

El lobo saltó por la ventana, y nunca lo volvieron a ver.

La abuela de Caperucita Roja golpeó con fuerza la puerta del armario, y Caperucita Roja la dejó salir.

—¿Qué pasó? —dijo la abuela.

"I went off the path to pick you some flowers," said Little Red Riding Hood.

"I think you learned your lesson," said her grandmother. "I am just glad we are both safe."

Then, Little Red Riding Hood and her grandmother enjoyed their best visit ever.

—Me aparté del camino para recoger algunas flores para ti, —dijo Caperucita Roja.

—Creo que aprendiste la lección, —dijo la abuela—. Solo me alegra que las dos estamos a salvo.

Entonces, Caperucita Roja y su abuela disfrutaron de la mejor visita del mundo.